Herausgegeben von

Thomas Hoffmann

Hundepfoten - Zitate

Band 2

Mit Bildern der
Fotografin Margrit Kierst

Margrit Kierst arbeitet seit vielen Jahren als freie Fotografin. Für ihre Arbeiten erhielt sie eine der höchsten europäischen Auszeichnungen in der Portrait-Fotografie. Über den Schlittenhundeführer Thomas Hoffmann entdeckte die Fotografin ihre Leidenschaft für das portraitieren von Hunden. Ihre Schwarz/Weiß-Fotografien haben zum Ziel, die vornehme Würde des Hundes zu unterstreichen und die Vielfalt seiner Ausdrucksmöglichkeiten einzufangen. Die emotionale Bindung zwischen Hund und Fotografin wird in ihren Bildern deutlich.

Thomas Hoffmann lebt und arbeitet seit 1988 mit Schlittenhunden. Der Musher ist seit dieser Zeit schon mehr als 25.000 Kilometer mit Schlittenhunden gelaufen.
Für sein Buch *„Blaue Augen und die Sehnsucht nach Schnee"* wurde der Autor auf der Leipziger Buchmesse mit dem BoD AutorenAward 2003 ausgezeichnet.
Weitere Informationen finden Sie im Internet unter: www.hoffmann-kennel.de

Hundepfoten - Zitate

Band 2

150
Zitate – Sprüche – Weisheiten
über den Hund

mit Bildern
der Fotografin Margrit Kierst

Hundepfoten - Zitate
Band 2
Herausgeber: Thomas Hoffmann
ISBN 3-8334-1077-9

Copyright © 2004 Thomas Hoffmann, Stubenberg
Umschlaggestaltung: www.elch-werbung.de, Wolfratshausen
Umschlagmotiv: „Herr Meier", Foto: Margrit Kierst
Copyright © Bilder: Margrit Kierst, Kösslarn
Herstellung und Verlag: Books on Demand GmbH, Norderstedt

Schlaues, Besinnliches und Amüsantes von

ADALBERT STIFTER • ALDOUS LEONARD HUXLEY • ANDREW A. ROONEY

ANDREW DE PRISCO • ARTHUR SCHOPENHAUER • ALEXANDER POPE

ALFRED BREHM • AMBROSE GWINNETT BIERCE • A. R. GURNEY • ANNE TYLER

ABRAHAM LINCOLN • ABU HAMID AL-GHAZALI • BEN JOSEF SAADJA

BEN WILLIAMS • C. M. VON UNRUH • CHRISTIAN FRIEDRICH HEBBEL

CHARLES BAUDELAIRE • CYNTHIA HEIMEL • CARL HILTY • CHRISTOPH LEHMANN

DAWN DRESSLER • D. MORRIS • DANA BURNETT • DIOGENES • EDITH WHARTON

EDWARD NOYES WESTCOTT • ERNEST HEMINGWAY • ERNST R. HAUSCHKA

ERNEST THOMPSON SETON • ERWIN KARRER • EPHRAIM KISHON

FRIEDERIKE KEMPER • FRANZISKUS VON ASSISI • FRANZ KAFKA

FRANKLIN P. JONES • FRITZ VON UNRUH • FRIEDRICH THEODOR VISCHER

FRIEDRICH NIETSCHE • GEORGE BERNARD SHAW • GEORGE CRABBE

GEORGE GRAHAM VEST • GÜNTHER BLOCH • GOTTFRIED WILHELM LEIBNIZ

GENE HILL • HILDEGARD VON BINGEN • HERMANN LAHM • HEINRICH HEINE

HUBERT RIES • HELEN THOMSON • HEINZ RÜHMANN • H. BAATZ • HORST STERN

HERBERT WEHNER • HARALD SCHMIDT • H. PONGRAZ • HONORE DE BALZAC

ISAAC WATTS • JAMES GROVER THURBER • JANE SWAN • JEROME K. JEROME

JOSH BILLINGS • JOHN MUIR • JOHN ROSS & BARBARA McKINNSY

JEFFREY MOUSSAIEFF MASSON • JACK LONDON • J. MOLLE • JEAN PAUL

JAMES GARDNER • JOHANN WOLFGANG VON GOETHE • JOHN GAY

KURT TUCHOLSKY • KARL KRAUS • KONRAD LORENZ • KARL JULIUS WEBER

KONRAD ADENAUER • LOUIS SABIN • LORD BYRON • MARCUS PORCIUS CATO

MARC AUREL • MARC TWAIN • MARIA BASHKIRTSEFF • MAURICE MAETERLINCK

MARIE VON EBNER-ESCHENBACH • MARTIN LUTHER • MICHAIL GENIN GESTROW

M. SIEGAL • MARCUS TULLIUS CICERO • OTTO VON BISMARCK

OLIVER HASSENKAMP • P. BROWN • PAUL AUSTER • PETER USTINOV

ROBERT ADAMS • ROGER ANDREW CARAS • RITA RUDNER

RICHARD VON SCHAUKAL • RUDYARD KIPLING • RICHARD KATZ • ROBERT LEMBKE

SIR WALTER SCOTT • STEFAN TROLLER • SNOOPY • SCHEICH SA`DA • TOUSSENEL

VICTOR MARIE HUGO • WOODY ALLEN • WASHINGTON IRVING

WILLIAM SHAKESPEARE • WILLIAM ROGERS • WILLIAM LYON PHELPS

Für Rusty

Dank

Die abgebildeten Hunde

SHARI

LINES

MARONE

STEELIE

LUCKY

BLASIUS

VANILLA

SAMMI

BARTL

AMELIE

HERR MEIER

SNOW

JUMBO

BASTL

NAZ

KÜMMEL

BIG PACK

KATHI

PLUTO

PFIFFERLING

TRINE

KING

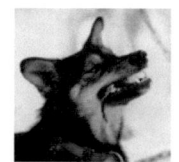

Für seinen Hund ist jeder Mensch ein Napoleon.
Deshalb sind Hunde so beliebt.

ALDOUS LEONARD HUXLEY

Häufigster Wunsch bei jungen Paaren laut einer Umfrage:
89 Prozent wollen ein Kind, damit der Hund was
zum Spielen hat.

HARALD SCHMIDT aus der Harald Schmidt Show

Stumme Hunde und stille Wasser sind gefährlich.

DEUTSCHES SPRICHWORT

Die Beziehung zwischen einem
Mann und seinem Hund ist heilig.
Was die Natur vereint hat,
soll keine Frau je scheiden.

A. R. GURNEY

Der hungrige Hund fürchtet den Stock nicht.

JAPANISCHE WEISHEIT

« Willst du wissen, wie die Lebensphilosophie eines Hundes lautet, Kumpel? Ich werd`s dir sagen. Sie besteht aus einem kurzen Satz: ‹ Wenn du`s nicht fressen oder rammeln kannst, piß drauf. › »

PAUL AUSTER, TIMBUKTU

Mancher Blindenhund ist die bessere Führungskraft.

HERMANN LAHM

"Gib dem Menschen einen Hund
und seine Seele wird gesund."

HILDEGARD VON BINGEN

Der wirkliche Verdruss bei der Menschheit ist der Umstand, dass sie vom Affen abstammt und nicht vom Hund.

ARTHUR SCHOPENHAUER

Egal wie wenig Geld und Besitz du hast,
einen Hund zu haben, macht dich reich!

LOUIS SABIN

Amelie ist bezaubernd

Die größte Liebe ist die der Mutter,
dann kommt die des Hundes und dann
die eines Schatzes.

POLNISCHES SPRICHWORT

Diplomatie ist die Kunst, einen Hund so lange zu tätscheln, bis
der Maulkorb fertig ist.

STEFAN TROLLER

Ich würde ein neues Hundefutter "Wau" nennen.
Das können die Hunde dann selbst verlangen.

ROBERT LEMBKE

Vielleicht wird der Tag kommen, an dem der Rest der
tierischen Schöpfung die Rechte erhält, die ihm nie hätten
versagt werden können, es sei denn durch Tyrannei ... Ein
ausgewachsener Hund ist fraglos ein verständigeres und auch
unterhaltsameres Wesen als ein Kind, das einen Tag, eine
Woche oder sogar einen Monat alt ist. Doch angenommen, die
Sache wäre anders herum, was würde es nützen? Die Frage ist
weder: Können sie logisch denken?, noch: Können
sie sprechen?, sondern: Können sie leiden?

JEREMY BENTHAM

Kümmel hat schelmische Gedanken

Es wird vielen Leuten lächerlich sein, und manchen
frommen Christen ärgerlich, dass wir auf einen Hund
so viel Rücksicht nehmen.

ADALBERT STIFTER

Alles Wissen, alle Fragen und alle Antworten
finden sich im Wesen des Hundes.

FRANZ KAFKA

Es gibt mehr Geschichten mit Beispielen für
die Treue von Hunden als von Freunden.

ALEXANDER POPE

„Der Kampf um die Führung ... lag in seiner Natur, denn ein
namenloser, unfassbarer Stolz der Fährte und der Spur erfasste
ihn - jener Stolz, der Hunde ... dazu verführt, voll Freude im
Geschirr zu sterben, und der ihnen das Herz bricht, wenn sie
zurückgelassen werden ..."

JACK LONDON

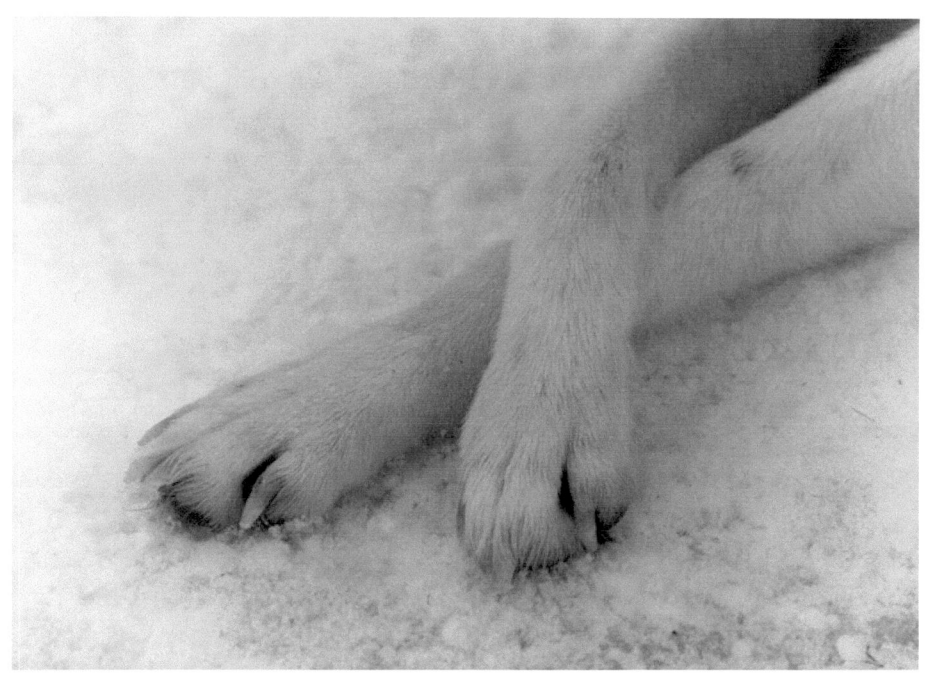

Trines Pfoten

Beschwichtigen - Eine Bulldogge 'gutes Kerlchen' nennen,
wenn sie dich von hinten sicher im Biß hat.

AMBROSE GWINNETT BIERCE, AUS DES TEUFELS WÖRTERBUCH

Das Leben eines Hundes besteht aus
Hunger und Bequemlichkeit.

ENGLISCHES SPRICHWORT

Geht der Hund, wenn die Katze kommt,
kann Streit gar nicht erst entbrennen.

CHINESISCHES SPRICHWORT

Haben Sie sich schon einmal überlegt, wie Hunde über uns
denken müssen? Ich meine, wenn wir zum Beispiel aus dem
Lebensmittelgeschäft mit dem erstaunlichsten Fang
zurückkommen: Hähnchen, Schweinefleisch, die Hälfte
einer Kuh. Hunde müssen glauben, dass wir die
größten Jäger auf Erden sind!

ANNE TYLER

Man achtet kleiner Hunde Murren nicht, doch
große zittern, wenn der Löwe brüllt.

WILLIAM SHAKESPEARE, HEINRICH VI. (KÖNIGIN)

Sammi genießt Streicheleinheiten

Ein Haus ist blind ohne einen Hund
und stumm ohne einen Hahn.

LITAUISCHES SPRICHWORT

Den Letzten beißen die Hunde.

DEUTSCHES SPRICHWORT

In der Natur des Menschen wohnen vier Wesen zusammen:
ein Hund, ein Schwein, ein Teufel und ein Engel.
Alle Charaktereigenschaften entstehen aus
jenen vier Gewaltigen.

ABU HAMID AL-GHAZALI

Lieber ein dankbarer Hund, als ein undankbarer Mensch.

BEN JOSEF SAADJA

Wohin Hunde gehen? Das fragt ihr euch, ihr
unaufmerksamen Menschen. Sie gehen ihren Geschäften nach.
Hier eine geschäftliche Verabredung, da ein Rendezvous.
Durch Nebel, Schnee und Schmutz, an beißenden Hundstagen
und in strömendem Regen kommen, gehen, trotten sie,
schlüpfen sie unter Wagen, getrieben von Flöhen, Begierden,
Notwendigkeiten oder Pflichten. Wie wir stehen sie
frühmorgens auf, um sich ihr Auskommen zu suchen
oder ihren Vergnügungen nachzugehen.

CHARLES BAUDELAIRE

Shari ist faul

Es gibt keinen besseren Psychiater auf der Welt
als ein junger Hund, der Ihr Gesicht leckt.

BEN WILLIAMS

Hunde sind gerechter, als die Menschen meinen.

CHINESISCHES SPRICHWORT

Es ist gar nicht so leicht ein guter Hund zu sein.

ANDREW DE PRISCO

Wenn ein edler Hund einen Menschen unversöhnlich hasst, so
ist das immer ein bedenkliches Zeichen. Die Hunde fühlen,
so wie die Kinder, die feinsten Gegensätze zwischen
äußerer Gestalt und innerem Wesen heraus. Ein hoch
entwickelter Hund ist mit seinem Herrn völlig eins, er fühlt für
ihn und hasst den Feind des Herrn, auch den heimlichen.

C. M. VON UNRUH

Für einen Menschen ist individuelle Freiheit der größte Segen –
für einen Hund wäre es Hoffnungslosigkeit.

WILLIAM LYON PHELPS

Steelie heult herzergreifend

Der Hund ist der sechste Sinn des Menschen.

CHRISTIAN FRIEDRICH HEBBEL

Ein Hund ist ein Herz auf vier Pfoten.

IRISCHES SPRICHWORT

Vor Leuten, die schweigen, und Hunden, die nicht beißen,
wenn sie getroffen werden, hat man sich wohl fürzusehen.

CHRISTOPH LEHMANN

Ich hoffe zuversichtlich, im Himmel
meinen Hunden wiederzubegegnen.

OTTO VON BISMARCK

Freude, mein Lieber, ist die Medizin dieses Lebens!
Ich freue mich, wenn ich Gutes von anderen höre,
wenn irgend jemand auf unserer traurigen Erde glücklich
ist, ja selbst, wenn mein Hund mit dem Schwanz wedelt
und die Katzen in irgendeiner Ecke zufrieden schnurren.

ERNEST HEMINGWAY

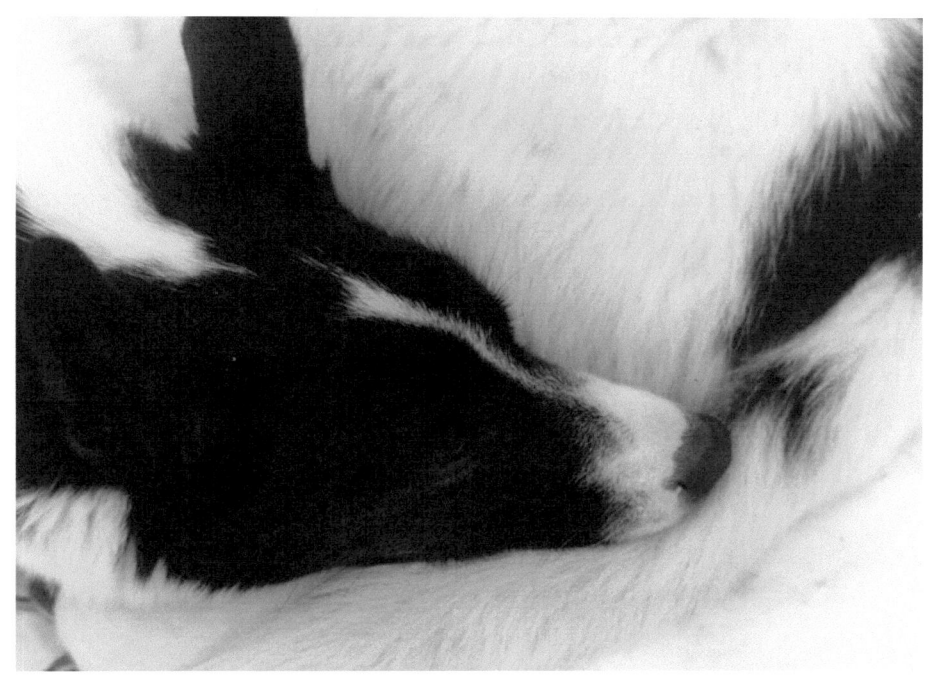

Trine hält ein Schläfchen

Glückliches Hundeleben

Warum ist es so schön, ein Hund zu sein?

Niemand erwartet von einem, dass man jeden Tag badet.

Wenn es juckt, kratzt man sich einfach.

Es fällt niemanden auf, wenn einem an den unmöglichsten
Körperstellen Haare wachsen.

Man kann sich stundenlang mit einem Knochen amüsieren.

Man kann den ganzen Tag herumliegen, ohne Angst zu haben,
dass man rausgeworfen wird.

Man kriegt keinen Ärger, wenn man einem Fremden seinen
Kopf in den Schoß legt.

Man freut sich immer, dieselben Leute wieder zu sehen.

So etwas wie schlechtes Essen kennt man nicht.

Man bekommt jeden Tag etwas Leckeres serviert.

Man kriegt alles, wenn man nur treuherzig genug guckt.

DAWN DRESSLER, USA

Ein gut erzogener Hund wird nicht darauf bestehen, daß Du
die Mahlzeit mit ihm teilst; er sorgt lediglich dafür, daß Dein
Gewissen so schlecht ist, daß sie Dir nicht mehr schmeckt.

HELEN THOMSON

Steelie mit der Eisbärschnute

Menschen, die einen Hund halten, leben im
Durchschnitt länger als andere, die das nicht tun.
Dies ist keine Pro-Hundepropaganda, sondern
eine einfache medizinische Tatsache.
Der beruhigende Einfluß eines Pflegetieres senkt den Blutdruck
und damit auch das Risiko einer Herzattacke.

D. MORRIS

Wenn sich im Paradies eine Menschenseele und
eine Hundeseele begegnen, muss sich die Menschenseele
vor der Hundeseele verneigen.

SIBIRISCHES SPRICHWORT

Wundern muss ich mich sehr, dass Hunde die Menschen
so lieben. Denn ein erbärmlicher Schuft gegen den Hund
ist der Mensch.

CHRISTIAN FRIEDRICH HEBBEL, TAGEBÜCHER

Ich werde ein Hund genannt, weil ich diejenigen
umschwänzele, die mir alles geben, diejenigen verbelle, die es
mir verweigern, und meine Zähne in Schurken schlage.

DIOGENES

Vanilla triumphiert

Eine bestimmte Anzahl von Flöhen ist gut für einen Hund;
sie hält ihn davon ab, darüber nachzudenken,
dass er ein Hund ist.

EDWARD NOYES WESTCOTT

Hunde lügen nie, wenn es um Liebe geht.

JEFFREY MOUSSAIEFF MASSON

Der Wunsch, ein Tier zu halten, entspringt einem uralten
Grundmotiv - nämlich der Sehnsucht des Kulturmenschen
nach dem verlorenen Paradies.

KONRAD LORENZ

Wenn der Wolf erlegt ist, beißen ihn alle Hunde.

FRANZÖSISCHES SPRICHWORT

Der Hund hat etwas der Religion Analoges in sich, indem er
getreuer Knecht ist. - Um dieses besten Willen ist
schändlicherweise sein Name ein Schimpfwort geworden.

FRIEDRICH THEODOR VISCHER

Pluto als Bodyguard

Die Kalte Schnauze eines Hundes ist erfreulich warm gegen
die Kaltschnäuzigkeit mancher Mitmenschen.

ERNST R. HAUSCHKA

Ein Zentimeter Hund ist mir lieber
als ein Kilometer Stammbaum.

DANA BURNETT

Selbst Carnegie, Vanderbilt und Astor zusammen hätten nicht
genug Geld aufbringen können, um auch nur einen einzigen
Anteil an meinem kleinen Hund zu kaufen.

ERNEST THOMPSON SETON

Wenn Hunde reden könnten, würde man sie auch nicht mehr
für so schlau halten.

MICHAIL GENIN GESTROW

In den Augen meines Hundes liegt mein ganzes Glück,
all mein Innres, Krankes, Wundes heilt in seinem Blick.

FRIEDERIKE KEMPER

Herr Meier denkt nach

Gestern war ich ein Hund. Heute bin ich ein Hund.
Morgen werde ich wahrscheinlich ein Hund sein.
Es gibt einfach so wenig Hoffnung auf ein Fortkommen.

SNOOPY

Eines der Dinge, die nicht für Geld zu haben sind, ist das
Schwanzwedeln eines Hundes.

ERWIN KARRER

Ich gebe nicht viel auf die Religion eines Mannes, für dessen
Hund oder Katze sie nichts gutes bedeutet.

ABRAHAM LINCOLN

Wir sind es, die den Hund brauchen, nicht umgekehrt.
Wir brauchen ihn, weil wir das Gefühl haben, daß wenigstens
ein Lebewesen in unserer Umgebung uns wirklich liebt.
Gekaufte Liebe? Es wäre nicht die einzige.

EPHRAIM KISHON

Man kann ohne Hund leben
aber es lohnt sich nicht.

HEINZ RÜHMANN

King fühlt sich wohl zu Hause

Ein ehrlicher Mann ist nicht schlechter,
weil ein Hund ihn anbellt.

DÄNISCHES SPRICHWORT

Der Hund ist das einzige Lebewesen, das uns mehr liebt
als wir selbst.

FRITZ VON UNRUH

Wo immer ich gehe, folgt mir ein Hund namens Ego.

FRIEDRICH NIETSCHE

Vielleicht stünde es um unsere Welt besser
wenn Menschen Maulkörbe und Hunde
Gesetze bekämen.

GEORGE BERNARD SHAW

Einem Menschen, den Kinder und Hunde nicht
leiden können, ist nicht zu trauen.

CARL HILTY

Bartl erzählt mit den Augen

Des reichen Mannes Beschützer, des armen Mannes
Freund, mit seinem Herrn auf ewig treu vereint.

GEORGE CRABBE

Der einzige absolut selbstlose Freund, den ein Mensch in dieser
selbstsüchtigen Welt haben kann, der einzige, der ihn nie
verlässt oder sich undankbar und verräterisch erweist, ist sein
Hund. Eines Menschen Hund ist an seiner Seite in Wohlstand
und Armut, Gesundheit und Krankheit. Er schläft auf dem
kalten Boden, wenn die Winterwinde wehen und der Schnee
übers Land fegt, solange er nur in der Nähe seines Herrn ist. Er
küsst die Hand, die kein Futter hat. Er bewacht den Schlaf eines
Armen, als wäre er ein Fürst.

Wenn das Schicksal seinen Herrn aus der Gesellschaft ausstößt,
gibt es für den treuen Hund kein größeres Privileg als das, ihn
begleiten zu dürfen, um ihn vor Gefahren zu schützen und
gegen seine Feinde zu verteidigen, und wenn der letzte Akt
beginnt und der Tod seinen Herrn zu sich ruft, so wird man
den braven Hund an seinem Grab finden, den Kopf zwischen
den Pfoten, die Augen voller Trauer, aber hellwach und
aufmerksam, treu und wahrhaftig.

GEORGE GRAHAM VEST

Naz, ungeniert neugierig

Wer weiss, wie Seife aus der Sicht eines Hundes riecht,
wascht nie einen Hund damit.

FRANKLIN P. JONES

„Er ist mein drittes Auge, das über die Wolken blickt, mein
drittes Ohr, das über die Winde lauscht. Er ist Teil von mir, der
sich bis zum Meer erstreckt. Wie er sich an meine Beine lehnt,
beim leisesten Lächeln mit dem Schwanz wedelt, seinen
Schmerz zeigt, wenn ich ohne ihn ausgehe ..., sagt mir
tausendmal, dass ich der einzige Grund seines Daseins bin.

Habe ich Unrecht, verzeiht er mir mit Wonne. Bin ich wütend,
bringt er mich zum Lachen. Bin ich glücklich, wird er vor
Freude fast verrückt. Mache ich mich zum Narren, sieht er
darüber hinweg. Gelingt mir etwas, lobt er mich. Ohne ihn bin
ich nur einer unter vielen. Mit ihm bin ich stark. Er ist die Treue
selbst. Er lehrt mich die Bedeutung der Liebe. Durch ihn erfahre
ich seelischen Trost und inneren Frieden.

Er lehrt mich verstehen, wo vorher nur Ignoranz war. Sein Kopf
auf meinem Knie heilt meine seelischen Schmerzen. In seiner
Gegenwart habe ich keine Angst vor Dunkelheit und
Unbekanntem. Er versprach, auf mich zu warten ... wann und
wo auch immer ... ich könnt ihn ja brauchen. Und ich brauche
ihn – wie ich es immer getan habe. Er ist eben mein Hund."

GENE HILL

Es ist übrigens nicht wahr, dass Herrchen oder Frauchen im
Laufe der Zeit den Gesichtsausdruck ihres Hundes annehmen,
nein, manche Hunde sind wirklich hübsch!

UNBEKANNT

Herr Meier mit Floh im Ohr

Was am Abend ein Hund, das (auch) am Morgen ein Hund

ESTLAND

Dass mir mein Hund das Liebste sei,
sagst du oh Mensch sei Sünde,
mein Hund ist mir im Sturme treu,
der Mensch nicht mal im Winde.

FRANZISKUS VON ASSISI

Es ist besser, als ein Wolf zu sterben, denn als Hund zu leben.

HERBERT WEHNER

Viele Menschen wissen von ihren Hunden nicht viel mehr, als
was sie gekostet haben.

HORST STERN

Die Katze ist ein freier Mitarbeiter,
der Hund ist ein Angestellter.

H. BAATZ

Ein Hund zur Hand ist besser als ein Bruder weit weg.

PERSISCHES SPRICHWORT

Herr Meier lasziv

Der durchschnittliche Hund ist netter
als die durchschnittliche Person.

ANDREW A. ROONEY

Der Hund ist ein von Flöhen bewohnter Organismus, der bellt.

GOTTFRIED WILHELM LEIBNIZ

Mein kleiner Hund- ein Herzschlag
zu meinen Füßen.

EDITH WHARTON

Nicht ganz und gar vollkommen ist der
tugendhafte Hund- er frisst.

HEINRICH HEINE

Wenn ein Hund dabei ist, werden die Menschen
gleich menschlicher.

HUBERT RIES

Wir schenken unseren Hunden ein klein wenig Liebe und Zeit.
Dafür schenken sie uns restlos alles, was sie zu bieten haben.
Es ist zweifellos das beste Geschäft, was
der Mensch je gemacht hat.

ROGER ANDREW CARAS

Der Unterschied zwischen dem Hund und der Oma ist:
Der Hund findet wieder nach Hause.

HARALD SCHMIDT aus der Harald Schmidt Show

Wie armselig, unfähig sich mitzuteilen ist der Mensch, trotz
seiner hohen Intelligenz, wenn er seines wichtigsten
Mediums – der Sprache – beraubt ist. Und ein Hund?
Er hat die außergewöhnlichsten Einfälle um uns zu
verdeutlichen was er will. Er kann alles ausdrücken
was ihn bewegt – nur ist der kluge Mensch
meist zu beschränkt um zu begreifen!

H. PONGRAZ

Beurteilen Sie einen Menschen, der sein Pferd
und seinen Hund liebt, immer vorteilhaft.

HONORE DE BALZAC

Vielleicht versteht der Mensch die Hunde oft nicht richtig, weil
er trotz ausgefeilter Sprache nicht selten unfähig ist, mit
der eigenen Spezies zu kommunizieren.

GÜNTHER BLOCH

Laßt Hunden doch den Spaß, zu bellen und zu beißen, denn so
erschuf sie Gott; lasst Bären und Löwen ihr Knurren und
Reißen, denn auch dies die Natur gebot.

ISAAC WATTS, 1674 - 1748

Big Pack in sanftem Licht

Die Hunde haben mehr Spass an den Menschen als diese an
den Hunden, weil der Mensch offenkundig der
komischere der beiden Kreaturen ist.

JAMES GROVER THURBER

Der Hund mag des Menschen bester Freund sein, doch
der Mensch ist oft der schärfste Kritiker des Hundes, trotz
seiner historisch erwiesenen Zuneigung und Bewunderung (...)
Er bemerkt düster, dass er dieses oder jenes Unglück nicht
einmal einem Hund wünsche, als ob die meisten anderen
unangenehmen Dinge Hunden ruhig widerfahren dürften,
und er bezeichnet jemanden, den er nicht leiden kann,
als 'dreckigen Hund'. Er missbraucht bekanntlich die
Bezeichnungen 'Hündin' und die ihrer männlichen
Nachkommen, um Mitglieder seiner eigenen Rasse zu
diskreditieren. In all seiner Geringschätzung und Verachtung
ist ein merkwürdiger Zug von Neid, ähnlich dem, der den
Psychiatern als Geschwister-Eifersucht bekannt ist.
Der Mensch wird von einer seltsamen und verdeckten
Zwangsvorstellung gequält, die man den Hundekomplex
nennen könnte - er möchte so glücklich und sorglos sein
wie ein Hund.

JAMES GROVER THURBER, SO SPRICHT DER HUND

Pfifferling kaut hingebungsvoll

„Ich komme gleich wieder!" ergibt für den Hund keinen Sinn.
Alles, was er weiß, ist, daß du fort bist.

JANE SWAN

Hunde sind wie wir, nur unschuldig.

CYNTHIA HEIMEL

Ich mag es, wenn nicht immer alles ganz reinrassig ist, sei es
bei einem Menschen oder einem Hund.
Für alle Tage gibt es nichts Besseres.

GEORGE BERNARD SHAW

Er schien weder alt noch jung. Seine Kraft lag in seinen Augen.
Sie sahen genauso alt aus wie die Berge und genauso jung und
wild. Ich wurde nie müde ihm in die Augen zu schauen.

JOHN MUIR

Die Hunde sind die Nachtigallen der Dörfer.

JEAN PAUL

Mit Fleischknochen wirft man nicht nach Hunden.

CHINESISCHES SPRICHWORT

Vanilla und Sammi

Eine zusammengerollte Zeitung kann ein
nützliches Hilfsmittel sein, wenn man sie richtig anwendet.
Benutzen sie beispielsweise die Zeitung, wenn
der Hund etwas anknabbert oder gerade ein Bächlein macht.
Benutzen sie sie nur, wenn sie nicht zum richtigen Zeitpunkt
eingreifen konnten, weil sie nicht aufgepaßt haben.
Nehmen sie die Zeitung, schlagen sie sich selbst sechsmal
gegen den Kopf, und wiederholen sie dabei den Satz:
"Ich habe vergessen, auf meinen Hund aufzupassen."
Wenden sie diese Technik immer wieder an.
Nach einigen Korrekturen werden sie soweit konditioniert sein,
daß sie ihren Hund im Auge behalten.
Die Zeitungsrolle sollte allein zu diesem Zweck verwendet
werden. Sobald ihr Hund über sie lacht, loben sie ihn.

JOHN ROSS & BARBARA McKINNSY

Befiehl, und er gehorcht dir voller Eifer.
Schlag ihn, und er winselt und legt sich dir zu Füßen.
Ruf ihn, und er lässt von seinem Spiel ab und eilt zu dir, um
dir schwanzwedelnd zu Diensten zu sein. Wenn du es willst,
trägt er ein Halsband, und wenn es dein Wunsch ist, es ihm
wieder abzunehmen, kauert er sich glücklich zu deinen Füßen
nieder, als sei dein Wille das Himmelreich für ihn.

J. MOLLE

Lucky ist vorsichtig

Ein Hund, der mit dem Schwanz wedelt, bezieht keine Prügel.

JAPANISCHE WEISHEIT

Wenn mein Hund aufwacht, kann ich an seinem Blick
erkennen, ob er von mir geträumt hat.

JAMES GARDNER

Manche Töne sind mir Verdruss, doch bleibet am meisten
Hundegebell verhasst; kläffend zerreißt es mein Ohr.

JOHANN WOLFGANG VON GOETHE, RÖMISCHE ELEGIEN

Wie falsch ist doch der Spaniel gezeichnet! Hat erst der Mensch
von ihm das Kriechen sich angeeignet? Ein Hund und virtuos
in seinem Fach! Der größte Schmeichler, den die Natur
gemacht! Betrachte Mensch, wie sie`s bei Hofe treiben, dem
Spaniel könnte viel zu lernen bleiben. Doch, was der Fuchs an
Beute schlägt, dann weiter noch sein Tadel oder Staunen regt?

JOHN GAY, 1685 - 1732

Der eigene Hund macht keinen Lärm, er bellt nur.

KURT TUCHOLSKY

Kein Zweifel, der Hund ist treu.
Aber sollen wir uns deshalb ein Beispiel an ihm nehmen?
Er ist doch dem Menschen treu und nicht dem Hund.

KARL KRAUS

Blasius schaut treuherzig

"... Kein Wort, kein Handschlag waren zu Gebote dem Glauben je, wie diese gute Pfote. ... Nie hat der Hund die Ansicht uns verhehlt. Was er verfehlt hat, tat ihm ehrlich leid. Wedelnd bewährt sich Ehrenhaftigkeit ..."

KARL KRAUS

"Was dein Hund dir zu geben vermag, ist dem sehr ähnlich, was mir das wilde Tier, das mich durch den Wald begleitet, gibt: die Wiederherstellung der unmittelbaren Verbundenheit der Natur, die der Zivilisierte verloren hat."

KONRAD LORENZ

Der Hund hat den Menschen nur selten auf seine Stufe der Weisheit hinaufgezogen, der Mensch dagegen den Hund oft hinunter auf die seine.

JAMES GROVER THURBER

Wer einen Hund ertränken will, klagt ihn der Tollheit an.

FRANZÖSISCHES SPRICHWORT

Die schlichte Tatsache, daß mein Hund mich mehr liebt als ich ihn, ist einfach nicht wegzuleugnen und erfüllt mich immer mit einer gewissen Beschämung. Der Hund ist jederzeit bereit für mich sein Leben zu lassen.

KONRAD LORENZ

Amelie, Aufforderung zum Spiel

Ich gedenke oft solcher Politiker, wenn ich im Dorfe von einem Hund angebellt werde, der zweite nachbellt, und alle bellen, und keiner kann sagen warum.

KARL JULIUS WEBER

Lege dich mit den Hundehaltern an und du kannst dein Amt begraben.

KONRAD ADENAUER

Schlägst du einen Hund, dann sieh erst, wer der Herr ist.

CHINESISCHES SPRICHWORT

Einst hatte ich der Freunde sieben, sechs liessen mich zu böser Stund', ein einziger ist mir geblieben - und dieser ist mein Hund. Der jetzt hier ruht, er war ein Freund von mir; ich kannte einen nur, und der liegt hier.

LORD BYRON Diese Grabinschrift widmete Lord Byron seinem Hund

Wer sah jemals einen munteren Hund in einer verdrießlichen oder einen traurigen in einer glücklichen Familie.

MARC AUREL

Herr Meier stimmt zum Heulgesang

Jumbo und Trine flirten

Mit Geld kann man einen wirklich guten Hund kaufen, aber
nicht sein Schwanzwedeln.

JOSH BILLINGS

Wenn du einen verhungerten Hund aufliest und ihn satt
machst, dann wir er dich nicht beißen. Das ist der
grundlegende Unterschied zwischen Hund und Mensch.

MARC TWAIN

Lasst uns die Hunde lieben!
Lasst uns ausschließlich Hunde lieben!
Die Menschen und die Katzen
sind unwürdige Wesen.

MARIA BASHKIRTSEFF

Unter hundert Menschen liebe ich einen,
unter hundert Hunden neunundneunzig.

MARIE VON EBNER-ESCHENBACH

Mensch und Hund ergänzen sich hundert- und tausendfach;
Mensch und Hund sind die treuesten aller Genossen.

ALFRED BREHM (Tierleben)

Bastl strahlt

Ich weiß drei böse Hunde:
Undankbarkeit, Stolz, Neid.
Wenn die drei Hunde beißen,
der ist sehr übel gebissen.

MARTIN LUTHER

Pack das Boot deines Lebens nicht zu voll,
nimm nur mit, was du brauchst: jemanden zum Liebhaben,
einen Hund und eine Pfeife oder zwei, genug zu essen ... und
etwas mehr als genug zu trinken, denn Durst
ist etwas Gefährliches.

JEROME K. JEROME

Sich einen Hund anzuschaffen, ist für uns Menschen die einzige
Möglichkeit, uns unsere Verwandten auszusuchen.

M. SIEGAL

Der Hund liebt und verehrt uns, als hätten wir ihn aus dem
Nichts emporgezogen. Er ist vor allem unser Geschöpf, voll
überströmender Dankbarkeit und uns treuer als unser
Augapfel. Er ist unser geheimer und begeisterter Sklave, den
nichts entmutigt, dem nichts widerstrebt, dem nichts den
glühenden Glauben und die Liebe nehmen kann.

MAURICE MAETERLINCK

Großartige Menschen haben großartige Hunde.

OTTO VON BISMARCK

Herr Meier döst vor sich hin

Wir sind allein, vollkommen allein auf diesem Planeten, der zufällig der unsere ist; und unter all den Lebensformen, die uns umgeben, ist keine, mit Ausnahme des Hundes, eine enge Verbindung mit uns eingegangen.

MAURICE MAETERLINCK

Wenn es im Himmel keine Hunde gibt,
gehe ich dort auch nicht hin!

P. BROWN

Hunden nicht nur, wenn sie jung sind, sondern auch im Alter Pflege angedeihen zu lassen, ist Ehrenpflicht eines guten Menschen.

MARCUS PORCIUS CATO

Ein Hund wird dem Menschen immer ein besserer Freund sein als andere Menschen. Doch auch hier ist der Rassehund meist teurer als die Promenadenmischung – was ein ebenso taktvolles Ventil für Rassismus ist, wie andere auch.

PETER USTINOV

Snow schlummert zufrieden

Ich könnte mir vorstellen, dass andere Hunde
über Pudel denken, dass diese Mitglieder
eines seltsamen religiösen Kultes seien.

RITA RUDNER

Der Hund bellt, wenn ihn was erregt.
Der Mensch spricht immer.

RICHARD VON SCHAUKAL

Ein Mensch, der Hunde mag, ist eine Sache; aber ein
Mensch, der einen Hund liebt, ist etwas vollkommen anderes.
Hunde sind im besten Falle nicht mehr als verlauste
Rumtreiber, sich ständig kratzende Wesen, Aasfresser und
unrein nach den Gesetzen Moses' und Mohammeds;
aber ein Hund, mit dem man mindestens die Hälfte des Jahres
allein lebt, ein freies Wesen, dass durch Liebe so fest an dich
gebunden ist, daß es sich ohne dich nicht von der Stelle rührt,
eine geduldige, ausgeglichene, humorvolle, weise Seele, die
deine Launen errät, bevor du sie selbst kennst, ist
alles andere als ein Hund.

RUDYARD KIPLING

Unverständlich, dass einem Hund
ein Mensch lieber ist als ein Hund.

RICHARD KATZ

Herr Meier liebäugelt

Bedenke, dass der Allmächtige dem Hund, den er uns als Gefährten ... gab, die edlen Tugenden der Treue und Geradlinigkeit verlieh.

SIR WALTER SCOTT

Die Kunst weckt die Liebe im Leben ihres Schöpfers, die der Künstler – genau wie jeder andere – nähren muss. Ein Fotograf oder eine Fotografin, der oder die kniend einen Hund fotografiert, hat genügend Freude gefunden, um viele Dinge möglich werden zu lassen.

ROBERT ADAMS

Der Hund vergisst den einzigen Bissen nie, und wirfst Du ihm auch hundert Steine nach.

SCHEICH SA`DA

Am Anfang schuf Gott den Menschen, doch als er sah, wie schwach er war, gab er ihm den Hund.

TOUSSENEL

Der Hund ist die Tugend, die sich nicht zum Menschen machen konnte.

VICTOR MARIE HUGO

Ein bellender Hund ist manchmal nützlicher als ein schlafender Löwe.

WASHINGTON IRVING

Marone ist heute traurig

Ich liebe den Hund. Er tut nichts aus politischen Gründen.

WILLIAM ROGERS

Der einzig absolute Freund, den ein Mensch in dieser selbstsüchtigen Welt haben kann, der ihn nie verläßt, der sich nie undankbar oder betrügerisch verhält, ist sein Hund.

WOODY ALLEN

Ein dürrer Hund ist eine Schande für den Herrn.

CHINESISCHES SPRICHWORT

Auch meine Hunde sind aus Spartas Zucht, weitmäulig, scheckig und ihr Kopf behangen mit Ohren, die den Tau vom Grase streifen, krummbeinig, wammig wie Thessaliens Stiere, nicht schnell zur Jagd, doch ihrer Kehle Ton folgt aufeinander wie ein Glockenspiel.

WILLIAM SHAKESPEARE, aus Sommernachtstraum

Ich habe noch nie einen hinterlistigen Menschen mit einem treuen Hund kennen gelernt.

JAMES GARDNER

Wer mit Hunden zu Bette geht, steht mit Flöhen wieder auf.

DEUTSCHES SPRICHWORT

Lines langweilt sich

Einem alten Hund kann man keine neuen Tricks beibringen.

ALTE SPRICHWORTWEISHEIT

Hunde sind uns treue Wächter; sie lieben und
bewundern ihre Herren; sie hassen Fremde; ihr Geruchssinn ist
bemerkenswert; groß ist ihr Eifer bei der Jagd – was anderes
sollte all dies heißen, als daß sie zum Nutzen des Menschen
erschaffen wurden?

MARCUS TULLIUS CICERO, 106 – 43 v. Chr.

Das letzte Wort über die Wunder des Hundes
ist noch nicht geschrieben.

JACK LONDON

Du musst schlauer sein als dein Hund, wenn du ihm etwas
beibringen willst.

SPRICHWORT

Es ist schwer, einen so treuen Gefährten wie einen Hund zu
finden; hat ein Armer ihn aufgezogen, so wird er
keinem Reichen je folgen.

AUS DER MONGOLEI

In manchen Familien sind Hunde mit Stammbaum
so eine Art Adelsersatz.

OLIVER HASSENKAMP

Kathi mit ernster Miene

Die Erde zerfiel in zwei Teile, Menschen und Tiere
wurden durch einen Abgrund voneinander getrennt.
Auf dem Höhepunkt der Wirren suchten Vögel, Insekten
und alle Vierfüßler ihr Heil in der Flucht. Nicht aber der Hund.
Er wusste nicht wohin. Flehentlich kläffend verharrte er am
Rande des Abgrunds. Der Mensch, dessen Mitleid er erregte,
rief ihm zu: „Komm!" und das Tier eilte auf ihn zu.
Der Hund versuchte, von der Tierhalbkugel auf die Seite des
Menschen zu springen. Nur seine Vorderpfoten hatten dem
Hund noch Halt in der Wand verschafft. Er wäre ewig
von dieser Welt verschwunden, hätte der Mensch nicht
seine Pfoten ergriffen und ihn auf seine Seite gezogen.

ESKIMOLEGENDE

Thomas Hoffmann

Blaue Augen und die Sehnsucht nach Schnee

Ein berührender Erlebnisbericht über die Teilnahme an einem der längsten und härtesten Schlittenhunderennen der Welt.

Auf der Leipziger Buchmesse ausgezeichnet mit dem **BoD AutorenAward 2003**

ISBN 3-8311-3994-6
Euro 18,50

Thomas Hoffmann

Hundepfoten Zitate
Band 1

150 Zitate – Sprüche – Weisheiten Schlaues, Besinnliches und Amüsantes von Zweibeinern und Vierbeinern

Mit Bildern der Fotografin Margrit Kierst

ISBN 3-8334-1076-0
Euro 11,50

Erhältlich im Buchhandel oder unter www.hoffmann-kennel.de

Hundepfoten Kalender, Postkarten, Originalbilder und vieles
mehr, finden Sie im Internet unter: www.margrit-kierst.de